Reglas en el salón de clases

Rules in Class

Dwayne Hicks

traducido por / translated by Fátima Rateb

ilustrado por / illustrated by
Aurora Aguilera

PowerKiDS press.

New York

Published in 2020 by The Rosen Publishing Group, Inc.
29 East 21st Street, New York, NY 10010

First Edition

Translator: Fátima Rateb
Editor, Spanish: Rossana Zúñiga
Editor, English: Elizabeth Krajnik
Art Director: Michael Flynn
Book Design: Raúl Rodriguez
Illustrator: Aurora Aguilera

Cataloging-in-Publication Data

Names: Hicks, Dwayne.
Title: Reglas en el salón de clases / Rules in class / Dwayne Hicks.
Description: New York : PowerKids Press, 2020. | Series: Reglas en la escuela / Rules at school | Includes index.
Identifiers: ISBN 9781725304734 (library bound)
Subjects: LCSH: First day of school—Juvenile literature. | Listening—Juvenile literature. | Communication in education—Juvenile literature.
Classification: LCC LB1556.H54 2020 | DDC 371—dc23

Manufactured in the United States of America

CPSIA Compliance Information: Batch #CSPK19. For further information contact Rosen Publishing, New York, New York at 1-800-237-9932.

Contenido

Contents

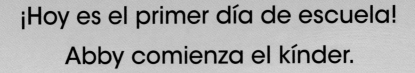

¡Hoy es el primer día de escuela!
Abby comienza el kínder.

Today is the first day of school!
Abby is starting kindergarten.

5

Abby y sus amigos encuentran el salón de clases.

Abby and her friends find the classroom.

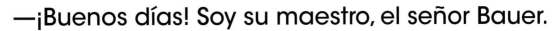

—¡Buenos días! Soy su maestro, el señor Bauer.

"Good morning! I'm your teacher, Mr. Bauer."

—Tenemos algunas reglas que aprender hoy —dice el señor Bauer—. Primero, vamos a guardar nuestras mochilas.

"We have some rules to learn today," says Mr. Bauer. "First, let's put our bags away."

Abby oye el sonido de una campana.

—¿Qué es eso?

Abby hears a bell ring. "What's that?"

—Esa campana nos indica que la clase ha comenzado —dice el señor Bauer—. Tomen asiento.

"That bell tells us class has started," says Mr. Bauer. "Take your seats."

Shelby y Cam hablan después
de escuchar la campana.

Shelby and Cam are talking after the bell.

—No se habla después de que
la campana ha sonado —dice el señor Bauer—.
Es una regla importante.

"No talking after the bell," says Mr. Bauer.
"That's an important rule."

13

Abby aprende sobre figuras.

Abby learns about shapes.

Abby comparte los crayones con Robert.

Abby shares the crayons with Robert.

15

—Es hora de un cuento, niños —dice el señor Bauer—. Siéntense en silencio sobre el tapete.

"It's story time, kids," says Mr. Bauer. "Sit quietly on the rug."

Abby se sienta en silencio mientras
el señor Bauer lee una historia divertida.

Abby sits quietly while Mr. Bauer reads
a fun story.

—¡Hora de un refrigerio! —dice el señor Bauer—.
No olviden limpiar una vez que hayan terminado.

"Snack time!" says Mr. Bauer.
"Don't forget to clean up your mess."

18

Abby come
zanahorias.

Abby eats carrots.

Limpia una vez
que ha terminado.

She cleans up when
she's done.

—¿Quién se sabe el abecedario?
—pregunta el señor Bauer—. Levanten la mano
si desean hablar.

"Who knows the ABCs?" asks Mr. Bauer.
"Raise your hand if you want to speak."

—Abby, ¿por qué no nos dices el abecedario?

"Abby, why don't you say the ABCs?"

21

La campana suena.

—¡Terminó la clase, niños! ¡Nos vemos mañana!

Abby aprendió las reglas del salón de clases.

The bell rings.

"School is over, kids! See you tomorrow!"

Abby learned the rules of the classroom.

Palabras que debes aprender
Words to Know

(las) zanahorias
carrots

(los) crayones
crayons

(las) figuras
shapes

Índice / Index